Milan Johannes Meder
Der farblose Mann

Milan Johannes Meder

# Der farblose Mann

Herstellung und Verlag: BoD – Books on Demand, Norderstedt

ISBN: 978-3837-05979-3

Erstes Kapitel

Vom Januar 1994 bis zum Juli 1995 lebte Christoph Schneider in St. Petersburg. In dieser Zeit dachte er an fast nichts anderes als an den Tod.

Die Schwelle zwischen Leben und Tod war hauchdünn. Die Sehnsucht nach dem Tod war überwältigend groß. Christoph näherte sich jeden Tag der Tür zum Jenseits. Ohne Zögern hätte er sie aufgestoßen, wenn er sie gefunden hätte. Immer wieder hatte er das Gefühl dem Tod ganz nah zu sein.

Ein Gefühl des Schwindelig Seins. Und ein Gefühl des Fallens. Kein Halt. Ein unendlicher schwarzer Schlund der Verzweiflung tat sich auf. Jeden Morgen stand er wie in Trance auf und wusch sich mit eiskaltem Wasser. Warmes Wasser gab es in der Kommunalwohnung nicht. Das Wasser wollte er nicht auf dem Herd erhitzen. Christoph härtete sich damit ab und hatte dadurch einen letzten Halt.

Bei -20 Grad Celsius ging er auch ab und zu zur Newa und sprang in ein kreisrundes Wasserloch, welches ins Eis geschlagen war. Danach fühlte er sich für einen Moment wieder wie ein Mensch. Das Entrinnen aus dem Nichts dauerte oft aber nur wenige Minuten. Auch der Versuch sich mit gutem Gemüse, Obst oder Schokolade aus der Verzweiflung zu begeben, missglückte. Alkohol trank er in den 18 Monaten nur einmal. Der Wodka raubte ihm fast das Bewusstsein und brachte ihn für ein paar Stunden in einen Dämmerzustand. Danach drang die Verzweiflung noch unerbittlicher auf ihn ein.

Sein ganzer Wille war durchsetzt von einer ungeheuren Anziehungskraft für das Böse. Obwohl er Meditieren gelernt und sich häufig in ein behagliches Lebensgefühl begeben hatte, gelang ihm die Herstellung dieses Zustands von Tag zu Tag weniger. Er konnte seinen Willen nicht mehr bändigen. Die Bestie hatte die Ketten gesprengt. Immer, wenn er in eine ruhige Gleichgültigkeit, in eine ruhige Meditationsstimmung hinein gelangen wollte, tauchte die grau-blaue Bestie auf. Mit krummer Wirbelsäule, knöchernem Kopf und ausgemergeltem Leib.

Christoph wollte aufspringen und über alles, was ihm lieb und heilig war, spotten. Die Zukunft war sinnlos geworden. Warum sich quälen? Warum alt werden? Als knochiger, alter Greis zu sterben, war nicht sein Ziel. Christoph fühlte sich unendlich schwach. Voller Hass auf alles Schöne und Lebendige tauchte in ihm eine zweite Bestie auf. Und plötzlich nahm eine dritte Bestie seine letzte Überlebenskraft. Mit glasigen Augen, mit gespaltenem Maul und schlaffer Haltung löschte das Wesen seine letzten guten Ideale und Gedanken aus. Christoph konnte nie richtig begreifen, warum er dem Tod so nah gekommen war. Warum war das Verlangen nach dem Tod so überwältigend groß? Es war, als ob eine fremde Macht ihn gefangen genommen hatte. Alle Lebenslust und Lebensfreude war erloschen. Das Leben machte einfach keinen Sinn mehr.

Manchmal fühlte er das Gefühl der Gefühllosigkeit und wie ein grauer Schatten wurde alles um ihn herum eintönig, kalt und leer.

Seine Newabäder wurden immer seltener. Anfänglich hatte er sich durch das Wasser abhärten können und nach einer gewissen Kältephase die innere Glut wieder verspüren können. Jetzt konnte er sich nach einem Newabad nicht mehr innerlich aufwärmen. Sein Herz wurde starr und kalt.

Wenn Christoph einmal nicht an den Tod dachte, dachte er nur an ein farbloses Nichts. Er konnte sich auch durch nichts ablenken. Er las keine Zeitung, ging abends nicht mehr aus und hörte keine Musik.

Appetit hatte er immer weniger. Manchmal hielt er es in der Kommunalwohnung nicht mehr aus. Dann schlenderte er ziellos durch die Straßen oder fuhr stundenlang mit der U-Bahn.

Nach einem Jahr des Dahinvegetierens kam ihm langsam eine Erkenntnis. Es war kurz vor seinem 21. Geburtstag. Das Ablösen von seinem Elternhaus war etwas abrupt gewesen. Ein Jahr in der Fremde hatte ihm gezeigt, dass etwas nicht stimmte. Warum war er so weit weg gefahren? Hatte er den Abstand zu seinen Eltern gebraucht? Oder hatten sie sich von ihm abgewandt?

Als er noch in Deutschland lebte, hatte sein Vater ihm eröffnet, dass er kein Wunschkind gewesen war. Er war sozusagen ein Unfall.

So unvermittelt wie erbarmungslos hatte ihn die Aussage getroffen. Christoph hatte seinen Vater nicht weiter zu fragen gewagt.

Jetzt war er schon ein Jahr in der Fremde, hatte eine neue Sprache gelernt und hatte viele Begegnungen gehabt. In seinem tiefsten Innern war sein Herz jedoch stets verschlossen geblieben.

Es war ein Riss zwischen ihm und seinem Vater entstanden. Die Kommunikation war abgebrochen. Natürlich hatte der Konflikt keine peinlichen Auswirkungen auf sein Alltagsleben. Niemals brauchte er zu befürchten, dass ihm hier sein Vater über den Weg lief. Eigentlich verschärfte aber die räumliche Trennung seine Verzweiflung. Die Entfernung und sein Schmerz verbanden sich zu einer unsichtbaren Nabelschnur von tausenden Kilometern Länge. Straff gespannt war die Schnur. Es gab Momente der tiefen Verletzung. Als ob die Schnur sein Herz herausreißen wollte.

Mitunter fragte sich Christoph, warum er überhaupt auf die Welt gekommen war. Wozu konkret brauchte ihn die Welt? Wäre das Leben um ihn herum ohne ihn vielleicht unbeschwerter verlaufen?

In dem Gespräch hatte ihm sein Vater gesagt, dass er mit der Mutter zusammen an eine Abtreibung gedacht hatte. Es hatte in der Frühschwangerschaft einen Termin bei einem Arzt gegeben. Aus welchen Gründen auch immer hatte seine Mutter sich gegen eine Abtreibung entschieden.

„Du hast also einen unsicheren Start ins Leben gehabt", sagte Sara Schneider verwundert. Christoph schaute unsicher. Wie waren sie nur auf das schwierige Thema gekommen? Seine schwerste Lebenszeit lag jetzt schon fast 43 Jahre (wir befinden uns jetzt tatsächlich im Jahre 2037) zurück. Am liebsten hätte er diese Phase der Todessehnsucht aus seinem Gedächtnis getilgt. Warum wollte Sara seine Vergangenheit so genau verstehen? Lag es daran, dass ihre gemeinsame Tochter schwanger war? Aus irgendeinem Grund bestand Sara darauf, mehr über seine Russlandzeit erfahren zu wollen. Wie er in die Todessehnsucht hereingerutscht war? Und auf einmal hatte er die ganze Dramatik seiner Vaterbeziehung erzählt.

Sara und Christoph saßen in einem kleinen Lokal in der Nähe der Tschechischen Grenze. Sie hatten keinen großen Hunger. Also bestellten sie sich nur einen fein angemachten Salat und tranken dazu ein Glas Wein. Sara war vier Jahre jünger als Christoph. In der ersten Zeit des gemeinsamen Lebens hatte sie sich um die Kinder gekümmert und dann war sie ihrem Beruf nachgegangen. Sie hatte in den letzten Jahren mit vielen Kindern und Jugendlichen zusammen in wunderschönen Nationalparks Erlebnispädagogik gemacht.

Vor 32 Jahren hatten sie sich kennengelernt. An einem schönen Maitag waren sie sich in einer Kirche begegnet. Nach einem Tauffest waren sie auf einen Spaziergang gegangen und hatten sich an den Händen gehalten. Zum Abschied hatten sie sich umarmt. Einen Monat später hatten sie sich wieder verabredet, waren sechs Stunden in einer Saunalandschaft, tanzten bis spät in die Nacht und hatten zum ersten Mal Sex. In dieser Nacht, wie sich später herausstellte, hatte sich ihr erstes Kind angemeldet.

Von Anfang an übte Sara eine seltsame Anziehungskraft auf Christoph aus. Ihr eigensinniges Aussehen und ihre Lebendigkeit zogen ihn magisch an. Christophs Körper,

Seele und Geist waren in dieser ersten, intimen Nacht von einer kaum zu beschreibenden Erregung ergriffen. Ihre Brüste waren nicht groß, hatten aber eine hübsche runde Form. Ihre Haut war weich und geschmeidig.

„Wie war das eigentlich mit deinem Vater?" fragte Sara. Christoph nahm ein großes Mozarellastück in seinen Mund, bevor er eine Antwort gab.

„Als ich im Sommer 95 wieder nach Deutschland kam, machte mein Vater mir den Vorschlag, mit ihm zusammen eine Japanreise zu machen.

„Wie kam er dazu? Ihr hattet doch ein sehr distanziertes Verhältnis?" fragte Sara.

„Ich hatte in Russland zwei Japaner kennengelernt und einige Monate Japanisch gelernt. In Deutschland erzählte mein Vater mir dann von seiner japanischen Jugendliebe. Er erzählte ausführlich von seiner Brieffreundin und von der Liebe für die japanische Kultur."

In diesem Moment fühlte Christoph ein neues Leben in sich. Es war eine Brücke über den Abgrund zwischen ihm und seinem Vater gebaut worden. Auf einmal stimmte die Chemie zwischen ihnen beiden.
Nach einem langen Flug landeten sie in Hong Kong. Es war also in den Sommerferien 95, als er erfuhr, dass es eine Brücke zwischen ihm und seinem Vater gab.

Zweites Kapitel
In einem kalten luxuriösen Hotelzimmer kam die alte Angst wieder hoch. Die Temperatur ließ sich nicht regulieren. Draußen war es 35 Grad Celsius und drinnen

war es eiskalt. Christoph fühlte einen Eisklotz in seiner Brust. Neben ihm schlief sein Vater tief und fest. Worauf hatte er sich eingelassen? Hier in Hong Kong würden sie sich noch auf Englisch verständigen können, aber in Japan würde er der Dolmetscher sein. Er hatte seinem Vater versprochen, dass seine Japanisch Kenntnisse ausreichen würden. In tiefem Zweifel wälzte er sich in seinem Bett hin und her. Seine Zehen waren schon steif vor Kälte. Würde er seinen Vater durch Japan führen können?

In sich selbst hatte er leider schon wieder den Halt verloren. Auf das Wesen, welches die Brücke zu seinem Vater gebaut und welches ihm Mut gegeben hatte, konnte er sich nicht verlassen. In seinem tiefsten Innern fühlte er die Entwurzelung.

Sara legte ihre Hand auf seine. „Armer Christoph", sagte sie. Jetzt mit 63 Jahren konnte er das Gefühl der zarten Berührung annehmen. Es durchströmte und durchwärmte ihn bis in seine letzte Zelle. Beide nahmen sie ihre Weingläser und führten sie zum Mund.

„Bist du auf der Japanreise wieder zum Leben erwacht?" wollte Sara wissen. „Ja, schon auf dem Flug nach Tokyo spürte ich in mir eine ungeahnte Lebensmacht", antwortete Christoph. „Über den Wolken tanzten die Sonnenstrahlen und eine warme Willenskraft durchpulste mich. Dieser Kraft wendete ich mein Lebensgefühl zu. Ich fand wieder Vertrauen zu mir und zu meinen anfänglichen Japanisch Kenntnissen. Die Todessehnsüchte verblassten und ich spürte in den Tiefen meines Wesens eine gewaltige, lebensbejahende Bewegung. Jeder japanische Satz wurde in mir zu einer Macht, mit welcher ich die Angstgespenster vertreiben konnte."

Das waren ganz neue Dimensionen für ihn. Er hatte einen Weg aus seiner Verzweiflung gefunden. Er musste sich nicht mehr aus seinem Körper lösen, wenn die Verzweiflung zu groß geworden war. Das unfreiwillige sich von außen beobachten müssen war ihm zu einer unerträglichen Qual geworden.

Als das Flugzeug in die dichte Wolkendecke über Tokyo drang, überkam ihn noch einmal das seltsame Gefühl, sich von sich selbst lösen und der Bestie begegnen zu müssen.

Als sie das Lokal verließen, fragte sich Christoph, was Sara von seiner Geschichte hielt. Er hatte seine innersten Gefühle, seine damalige Verzweiflung preisgegeben. Obwohl sie sich schon in- und auswendig kannten und viele, viele Jahre zusammen lebten, kam in ihm das alte Angstgefühl wieder hoch. Würde sie sich von ihm abwenden? Würde sie ihn verlassen? Würde er mit seinen 63 Jahren wieder in sein altes Einsamkeitsgefängnis zurückkehren? 42 Jahre waren vergangen und immer noch lebte die zerstörerische Bestie in ihm.

Drittes Kapitel
Die Verzweiflung, die Nähe zum Tod und der Überlebenskampf waren damals so tief gegangen, dass Christoph Schneider sich nie ganz geheilt fühlte. Viele Kilo

hatte er abgenommen und massive Schlafstörungen gehabt.

Vielleicht bin ich ja wirklich gestorben, dachte Christoph. Zwei Wochen lang war er damals außer sich gewesen. Kurz, nachdem er das erste Mal mit einer Frau geschlafen hatte, war dieser Zustand eingetreten. Die Frau hatte nicht wirklich etwas von ihm gewollt. Sie hatte ihm Gefühle für ihn vorgegaukelt und ihm von ihrer großen Liebe zu ihm erzählt. Er war natürlich darauf hereingefallen und hatte sie mit seinem naiven Idealismus vergöttert. Nach der ersten leidenschaftlichen Begegnung wollte er sie sogar heiraten. Und dann musste er sie in einer schönen, weißen St. Petersburger Nacht mit einem anderen Mann Arm in Arm Spazierengehen sehen. Neid, Eifersucht und Frustration, gemischt mit einer unbändigen Wut gegen seine Naivität, überwältigten ihn und schleuderten ihn in einen Zustand altbekannter Todesnähe.

Nach zwei Wochen hatte er einen seltsamen Traum. In diesem Traum begegnete er der russischen Frau. In der weißen Nacht näherte sie sich ihm, zog ihr sommerliches Kleid aus und lief mit ausgestreckten Armen auf ihn zu. Unwiderstehlich war die Anziehungskraft. Hinter ihm stand ein ihm bekannter junger, russisch-orthodoxer Mönch, der mit milder Stimme sprach: „Fühle die Kräfte der Frau. Fühle sie in deinem Leib. Du verlierst dich in ihnen, wenn du deinen Willen machtlos hingibst. Gehe nicht zu ihr, sonst wird sich in der Vereinigung mit ihr dein Ich verfinstern. Pass auf dich auf, sonst bist du verloren." Christoph fühlte eine

Zerrissenheit in sich. Er wollte sich von der Frau lösen und zu dem Mönch gehen. Unendlich stark war die magnetische Kraft der Frau. Ganz entblößt kam sie mit einem einladenden Lächeln auf ihn zu. Da schaute Christoph durch ihre Brüste auf ihr Herz. Es war verfinstert und hatte zu schlagen aufgehört. Wie konnte das sein? Diese unglaubliche Anziehungskraft in einem toten Herz? Der Mönch schaute ihn liebevoll an und sprach: „Sie ist herzlos. Ihre Anziehungskraft ist eine Illusion. Es sind deine Bestien in dir, die dich überlisten wollen. Das dürre Knochenwesen will deinen Willen lähmen, das Spottgesicht will deine Gefühle schwächen und das glotzende Wesen mit seinem glasigen Blick ist das Angstgespenst in deinem Denken."

In diesem Moment verspürte Christoph einen unaushaltbaren Schmerz. Er fühlte sich wie eine zerdrückte Zitrone. Alle Glieder, Muskeln und Knochen fühlten sich zerquetscht an. Am ganzen Körper zitternd wachte er auf.

Er schlich sich leise in die Küche der Kommunalwohnung, nahm ein Glas, füllte es mit Leitungswasser und trank es gierig aus. Nach diesem Traum sehnte er sich nicht mehr den Tod herbei. Er konnte sich auf einmal besser annehmen. Obwohl die russische Frau ihn noch einige Male anrief, konnte er sich von ihr distanzieren. Und zu seinem Vater konnte er langsam und bewusst die Brücke aufbauen.

Bald war die Arbeit in St. Petersburg beendet. Es war Ende Juni, als er nach Deutschland zurückkehrte und sein Vater mit ihm über Hong Kong nach Japan fliegen wollte.

## Viertes Kapitel

In Japan angekommen waren Christoph und sein Vater wie zwei unzertrennliche Brüder. Nach einem köstlichen Frühstück machten sie entweder wunderschöne Bergtouren, philosophierten und genossen die Wildheit der japanischen Natur oder sie schauten sich alte Tempel an. Dort konnten sie sich stundenlang an der Ästhetik der Architektur sattsehen, sich in Zen-Meditation vertiefen oder den Schildkröten bei ihren Spielen zuschauen. Das Leben begann in einer ungeahnten Leichtigkeit zu pulsieren. Manchmal fragte sich Christoph, was ein „Ich" sei. Früher hatte er das „Ich" immer als etwas Trennendes erlebt. Besonders an seinem Vater hatte er die schärfsten Kanten und die steilsten Abgründe erlebt. Jetzt schien sich das Gegenteil zu entwickeln. Die Verschmolzen- und Verbundenheit zwischen ihnen war unglaublich mächtig geworden. Nicht nur zwischen ihnen, auch mit der sie umgebenden Natur schien etwas anders zu sein. Früher war die Außenwelt oft leer, grau und tot für ihn gewesen. Jetzt konnte er manchmal nicht zwischen seinem Innern und der Außenwelt einen Unterschied machen. Er fühlte sich mit allem Eins. Die Menschen, Tiere, Bäume und Berge waren zu einem Teil seiner Seele geworden. Abends, als sie in ihrem Ryokan in ihren Betten lagen, fragte sein Vater ihn, ob er gerne eine Geschichte hören wolle.

Ja, gerne, sagte Christoph und seine Müdigkeit war verflogen.

Fünftes Kapitel

„Heute, als ich im Kijomizu-Dera war, kam ein Priester auf mich zu und fragte, ob ich mit ihm sprechen wolle. Er sprach perfekt Deutsch und hatte so ein ruhiges und offenes Wesen, dass ich sofort seine Frage bejahte", sagte der Vater.

Der Priester war um die Mitte Vierzig und strahlte eine unüberwindbare Besonnenheit aus. Er erzählte dem Vater, warum er hierhin gekommen sei.

„Um die Wahrheit zu sagen, ist der Zeitpunkt meines Todes gekommen", sagte der Priester. Christophs Vater schaute ihn verwundert an und wusste daraufhin nichts zu erwidern.

„Ich bin kerngesund. Ich bin auch nicht depressiv oder suizidal."

„Woher wissen Sie, dass Ihre Zeit abgelaufen ist?"

„Ich kann eine Brücke zum Jenseits bauen. In wenigen Tagen werde ich sie überqueren und meinen Leib im Diesseits zurücklassen", sagte der Priester.

„Warum schon in so jungen Jahren?"

„Ich habe für dieses Leben meine Aufgabe erfüllt."

„Und jetzt wollen Sie mir noch etwas sagen, bevor sie ihr Leben beenden?"

„Ja."

„Was ist es?"

„Auch Dein Leben hängt an einem seidenen Faden. Oder anders ausgedrückt. Du bist ein guter Seiltänzer im Leben gewesen. Du bist glücklicherweise nie nach links oder rechts in den Abgrund gestürzt. Das war Dein äußerer und innerer Weg. Er hat Dich hierhin in den fernen Osten geführt. Zu mir. Ich habe auf Dich gewartet, um Dir mitzuteilen, dass Dein Seelenweg Dich zu einem Abgrund geführt hat. Deine Seele wird in diesen Abgrund fallen und Du wirst bald sterben."

„Was heißt bald?" Dem Vater wurde unwohl zumute.

„In einigen Jahren."

„Wie wird das vonstattengehen?"

„Dein Denken, Dein Erkenntnisstreben wird Dich ins Licht führen. Dort wird Dein Selbst vom Geist Dir genommen."

„Dann wende ich mich doch lieber der Finsternis zu, achte auf meine Sicherheit, gehe sparsam mit dem Geld um und phantasiere mir keine großen Ideale zurecht."

„Auch das wird Dir nicht helfen", sagte der Priester. „Du wirst, wenn die Finsternis Dich verlockt, im Stoff, in der Materie Dein Selbst verlieren."

„Gibt es keinen Ausweg für mich?"

„Nein, der Krebs wird unerbittlich sein", sagte der Priester ernst.

„Vielleicht werden in ein paar Jahren gute Chemotherapien auf dem Markt sein."

„Das wird Dir nicht helfen. Das Dich verhärtende Kältegeschwür wird Dein Selbst verstäuben."

„Vielleicht wird mir ja die wärmende Misteltherapie helfen."

„Nein, die Dich liebende Wärme wird Dein Selbst verwehen", sagte der Priester.

„Ich werde kämpfen und nicht einfach in der Mitte meines Lebens ausscheiden. Ich will mich nicht der Todesmacht hingeben und im farblosen und trostlosen Nichts verkrampfen", sagte Christophs Vater verzweifelt.

Mit einem Lächeln entfernte sich der Priester ein Stück und sagte: „Noch können wir das Leben nicht fassen. Sobald wir einen Hauch davon in den Händen halten, zerrinnt es und verschwindet. Halte nicht zu sehr am Leben fest. Es ist ein Kreislauf. Mach Dir keine Sorgen. Dein Sohn wird eine Tochter haben. Diese wird Dich gebären. Aber erst einmal musst Du zurück in den ewigen Kreislauf." Mit diesen Worten verbeugte sich der Priester, machte einen Abschiedsgruß und verschwand im Kijomizu-Dera.

„Das ist meine Geschichte. Was sagst Du dazu", fragte der Vater seinen Sohn.

„Klingt wie ein Märchen oder eine Gespenstergeschichte", antwortete Christoph. Danach begann eine merkwürdige Nacht.


Sechstes Kapitel

Die zerstörerische Bestie war in den ersten sieben Ehejahren öfters aufgetaucht. Sara und Christoph waren sehr unterschiedliche Menschen. Kaum hatten sie sich kennengelernt, war das erste Kind gekommen. Nicht einmal zwei Jahre später kam noch ein Kind. Mit viel Temperament und vielen eigenen Bedürfnissen waren die zwei Kinder in den Vordergrund der Elternbeziehung gerückt. Christoph wollte ein guter Familienvater und auch ein guter Ehemann sein. Nur manchmal wurde es ihm zu viel. Dann tauchte die Bestie auf. In seinem Innern wurde es eisig kalt. Eine kalte, farblose Wut, die sich kaum bezwingen ließ, dehnte sich in ihm aus. Ein Gefühl des Innerlich- Zerfressen Seins zerstörte seinen inneren Frieden und den der Familie. Einmal hatte die Bestie sich so tief in ihn hineingefressen, dass er keinen Ausweg mehr sah. Die Trennung von Sara stand im Raum. Sara rief in letzter Verzweiflung einen Therapeuten und Familiencoach an. Dieser bat Christoph ans Telefon, um von ihm den Trennungsgrund zu erfahren. Mit größtem Widerwillen bewegte sich Christoph zum Apparat. Einen Trennungsgrund konnte er nicht sagen. Er liebte seine Frau und seine Kinder. Eine Trennung wollte er eigentlich nicht. In diesem Moment gab die Bestie ihren Geist auf. Christoph kamen die Tränen. Er entschuldigte sich bei seiner Frau und versprach ihr, in Zukunft nicht mehr von Dingen zu reden, die er ja im tiefsten Herzen nicht wollte.

In diese bewegten ersten Ehejahre fiel auch der Tod des Vaters. Christoph hatte sich bewusst gegen einen Besuch in der Universitätsklinik entschieden, obwohl er wusste, dass der Todeszeitpunkt sehr, sehr nah war.

Drei Tage zuvor hatte er noch mit seinem Vater gesprochen. Alle engsten Angehörigen waren versammelt gewesen und die Priesterin hatte das Sterbesakrament vollzogen. Daraufhin war der Vater ganz klar geworden. Sein Blick ruhte ruhig und liebevoll auf seinen Liebsten. Zu seiner Frau sagte er, dass er sie für immer lieben würde. Zu Christoph gewandt, sagte er, dass er nicht wisse, wo sein Weg hingehen würde, nachdem Christoph ihn gefragt hatte, ob sein Weg noch einmal für eine gewisse Zeit ins Diesseits gehen würde.

Christoph holte seine Kinder vom Kindergarten ab und baute an einer kleinen Brücke, die über ein Bächlein führte, ein kleines Weidentor. Er wollte sich bei dieser schönen Tätigkeit entspannen. Es gelang ihm aber nicht. Ständig kreisten die Gedanken um seinen Vater. Hatte er einen Fehler gemacht? Warum war er heute nicht zur Universitätsklinik gefahren? Würde sein Vater die nächsten Tage noch überleben? Seine Hände wurden zittrig. Sein Herz fing an zu rasen. Irgendetwas stimmt nicht. Da rief ihn Sara zum Mittagessen. Am Tisch angekommen, konnte er keinen Bissen herunterschlucken. Das Essen war wunderbar. Auf dem Tisch waren schöne Blumen und es leuchtete einen Kerzenflamme. Trotzdem hatte sich sein Kehlkopf komplett verkrampft. Der Schmerz drang ihm in die tiefsten Eingeweide. Er nahm seine Tochter auf den Arm und stellte sich ans Fenster. Dort hatte er einen guten Ausblick. Für einen Moment fühlte er nicht mehr den Schmerz und sein inneres Gefängnis. Da klingelte das Telefon. Sein Bruder war am Apparat: „Unser Vater hat seinen letzten Atemzug gemacht. Er hat sich ganz ruhig ausgeatmet. Jetzt sind seine Qualen vorbei." „Danke, ich mache mich auf den Weg", sagte Christoph mechanisch. Der Tod des Vaters hatte ihm den Boden unter den Füßen weggenommen. Im Zug zur Universitätsklinik rasten die Gedanken durch seinen Kopf. Sein Herz war taub. In der Klinik angekommen, verabschiedete er sich von der äußeren Hülle seines Vaters und fuhr mit seiner Mutter und mit seinem Bruder zum Haus seiner Eltern. Zuhause tauchte wieder die altbekannte Melancholie auf. Die Schwelle zwischen Leben und Tod wurde wieder hauchdünn. Es überkam ihn die alte Sehnsucht. Ohne Zögern wäre er seinem Vater hinterhergesprungen, wenn er die Brücke zum Jenseits gefunden hätte. Ihm wurde schwindelig. War sein Vater hinter dem schwarzen Schlund? Oder bildete er sich das nur ein? Das Eis der Kindheitsjahre war doch geschmolzen. Hatte er seinen Vater jetzt wirklich verloren?


Siebtes Kapitel
Die Vorbereitung auf den Tod war für seinen Vater nicht einfach gewesen. Obwohl er die Worte des japanischen Priesters sehr ernst genommen  und sich innerlich auf ein nicht allzu langes Leben eingestellt hatte, waren ihm die letzten drei Lebensjahre nicht leicht gefallen. Die Diagnose des Lymphoms hatte ihn erst einmal umgehauen. Dann hatte er gekämpft. Er hatte verschiedene Therapien gemacht. Leider ohne Erfolg. Das Lymphom war ins Gehirn metastasiert. Die Prognose wurde von Tag zu Tag schlechter. Der Vater fiel in ein tiefes Loch. „Ich bin verloren, ich bin ohne Hoffnung. Es ist nicht meine Verantwortung. Es dauert ewig, aus diesem zähen Schlamm herauszukommen", waren seine Worte, als es

immer mehr bergab ging. Dann kämpfte er wieder. Einige Male fiel er noch ins Loch, kam aber von Mal zu Mal schneller heraus.

„Eines Tages sah ich das Loch schon von weitem. Ich näherte mich ihm, hielt meine Augen offen, trug die Verantwortung für jeden weiteren Schritt und fiel nicht mehr hinein", sagte der Vater auf seinem letzten Spaziergang mit seinem Sohn, bevor er in die Universitätsklinik musste und dort nicht mehr aufstand. „Soll ich Dir noch eine Geschichte erzählen", hatte ihn sein Vater auf dem Spaziergang gefragt.

„Ja, bitte", antwortete Christoph.

„Ich habe mich in den letzten Tagen und Monaten viel mit dem Dritten Reich beschäftigt und dabei kam mir folgende, wahre Begebenheit in den Sinn: Eine sehr intelligente Jüdin und Dolmetscherin hatte Auschwitz einige Jahre überlebt, als sie eines Tages Zeugin eines schrecklichen Ereignisses wurde. Ein fast verhungerter Junge hatte sich einen Apfel von einem Transporter genommen und in ihn hineingebissen. Daraufhin hatte ein SS-Wärter diesen Jungen gepackt und gegen eine Wand geschlagen, bis er dort zusammensackte. Dann befahl der Wärter der Dolmetscherin und der nicht Deutsch sprechenden Mutter in sein Zimmer zu kommen. Die junge und intelligente Dolmetscherin sollte den Strafbestand des Apfeldiebstahls übersetzen. An diesem Punkt widersetzte die Dolmetscherin sich und sagte nur, dass sie nie wieder für die Nazi- Hunde übersetzen würde. Sie würde jetzt lieber als Heldin sterben.

Warum erzähle ich Dir diese Geschichte?" fragte der Vater seinen Sohn.

„Das kann ich Dir nicht sagen."

„Als mir die Geschichte in den Kopf kam, musste ich an den japanischen Priester denken. Er hatte mir gesagt, dass das Leben ein Kreislauf ist. So wie die Kastanie wie tot auf der Erde liegt und im Frühjahr einen Baum aus sich hervorbringt, der nach einigen Jahren wunderschöne Blüten und stachelige Früchte trägt, so war auch das Leben der jungen Dolmetscherin ein Kreislauf. Sie hatte ihre Augen offen. Sie hat bis zum letzten Atemzug die Verantwortung getragen. Dann ist sie bewusst über die Brücke ins Jenseits gegangen. Jetzt ist sie wieder hier. Sie hat schon längst ein neues Leben begonnen."

„Woher willst Du das wissen?", fragte der Sohn aufgeregt.

„Sie hat es mir selbst erzählt. Sie kann sich erinnern. Der Todesschuss des SS-Wärters hat sich tief in ihre Seele eingeprägt. Sie trägt in ihrem jetzigen Leben noch die Narben und den Seelenschmerz in sich."

„Wie kann das sein? Die Erinnerung geht doch mit dem Tod verloren oder?"

„Nicht unbedingt. Für die Menschen, die wirklich die Verantwortung tragen wollen, gibt es den Quell der Erinnerung. Normalerweise trinken wir alle vom Quell des Vergessens. Wir halten einfach nicht alles aus. Auch der SS-Wärter ist schon wieder in seinem nächsten Leben. Glücklicherweise hat er vom Quell des Vergessens getrunken. Er würde die Seelenqualen gar nicht aushalten, wenn er sich an all seine Taten im Dritten Reich erinnern würde."

„Wie kam die Frau zum Quell der Erinnerung?" wollte Christoph wissen.

„Sie hat ihren Gefühlen vertraut. Sie hat ihre Seelenschmerzen analysiert und ihre schicksalsmäßige Verbindung mit dem jüdischen Volk erkannt. Sie ist ehrlich mit sich und hat mir von ihren inneren Abgründen erzählt. So wie Du, so wie jeder von uns, leben auch in ihr die Abgründe mit den Bestien in tiefem schwarzem Schlamm. Als sie zum ersten Mal diesen Bestien begegnete, sagten sie ihr, dass sie etwas ganz Besonderes sei. Eine Führerin der Menschheit. Sie sei die Auserwählte, die die Ausländer aus Deutschland verbannen müsse. Zuerst glaubte sie ihren Bestien. Sie hatte Angst, dass die Ausländer ihr ihren Arbeitsplatz wegnehmen könnten. Dann erkannte sie die Spiegelung ihres Selbst. Sie hatte sich in ihrer alten seelischen Verletzbarkeit, in ihrer tödlichen Wunde vom Dritten Reich gespiegelt und sie durchschaute das Angstgespinst. Den bösen Nazi-Wärter gab es nicht mehr. Sie war jetzt auch keine schutzlose Jüdin mehr. Sie war eine Deutsche und lebte in ihrer Heimat, die ihr niemand wegnehmen konnte."

„Was hat sie Dir noch erzählt?"

„Nachdem sie ihr Angstgespinst überwunden hatte, reiste sie zur Auschwitz- Gedenkstätte und folgte ihren inneren Bildern. Sie konnte alles wiedererkennen. Die Baracke, den zusammengebrochenen Jungen, die verzweifelte Mutter und sie spürte noch einmal die Hasswelle des SS-Wärters und den tödlichen Schuss. Da wusste sie, dass sie sich wieder in ihrem vergangenen Leben befand." Damit endete der letzte gemeinsame, philosophische Spaziergang von Christoph und seinem Vater.

Achtes Kapitel

„Lieber Christoph, Du brauchst Dich nicht wieder zu verschließen", sagte Sara. „Ich nehme Dich so wie Du bist. Wir sind die letzten Jahrzehnte durch Höhen und Tiefen gegangen. Da kann mich nichts mehr umwerfen. In aller erster Linie ist mir wichtig, dass Du Dich für die richtige Therapie entscheidest. Du bist jetzt 63 Jahre alt. Viele Ärzte haben Dir die Prognose bis 60 gegeben. Es sind schon drei Jahre vergangen und Du bist immer noch da. Erinnerst Du Dich an den plötzlichen Kindstod unserer Enkeltochter vor drei Jahren? Genau zu diesem Zeitpunkt wurde bei Dir der Krebs diagnostiziert. Am 8.Mai ist der errechnete Termin für unseren nächsten Enkel, gerade jetzt, wo Dein Leben an einem seidenen Faden hängt."

„Soll ich es mit noch einer Chemotherapie versuchen oder soll ich mich nur auf die imaginative Körperpsychotherapie verlassen?" fragte Christoph.

„Ich würde an Deiner Stelle auf die imaginative Körperpsychotherapie vertrauen. Die letzten Chemos haben Dich so geschwächt, dass Du fast aufgegeben hättest."

„Du hast Recht", sagte Christoph. „Ich möchte unbedingt unseren Enkel erleben. Meine Krebszellen vertragen keine Wärme. Ich werde in Gedanken mein Blut erhitzen und werde die Metastasen in grüner Farbe auflösen. Jeden Tag werde ich meine Bewegungsübungen und meine Meditation machen. Bis zum 8.Mai muss ich einfach durchhalten."

Neuntes Kapitel

„O Sara, es ist ein Junge. Mein Denken ist tatsächlich zu einem Willenszauberwesen geworden. Heute ist der 8. Mai und ich fühle mich fast wie neugeboren. Heute, vor 32 Jahren haben wir uns kennengelernt und heute Morgen ist unser Enkel gekommen. Ich durfte aus dem Krankenhaus raus und bei unserem Schwiegersohn und bei unserer Tochter übernachten. Heute Morgen war es soweit. Eine komplikationslose Hausgeburt. Nur im ersten Moment war unsere Tochter am Boden zerstört. Ein Sohn, sagte sie in tiefstem Kummer. Aber unendlich groß war die Freude von unserem Schwiegersohn. Er rief mich, um mit mir seine Freude zu teilen. Unsere Tochter lag zutiefst betrübt und gekränkt in ihrem Bett. Ein Sohn, sagte sie noch einmal. Und: Mein liebster Engel liegt seit drei Jahren im Grab. Sie sagte noch, dass sie sich nicht auf einen Sohn einlassen könne. Immer würde das Bild der verstorbenen Tochter vor ihrem inneren Auge sein."

„Was ist dann passiert", wollte Sara erfahren.

„Als unser Schwiegersohn das Kind bei unserer Tochter auf die Brust legte, passierte etwas Unbeschreibliches. Es war, als ob das Kind schon sprechen könnte. Wir alle wurden ganz still und schauten in die strahlend blauen Augen des Säuglings. Es war wirklich so, als ob wir eine Stimme hörten. Es sprach durch das Kind. Unsere

Tochter strahlte über das ganze Gesicht und schaute glücklich auf ihren Sohn. Sie hatte die so vielgeliebte und vertraute Stimme der verstorbenen Tochter gehört. Der ganze farblose Abgrund zwischen der Verstorbenen und dem jetzigen Sohn hatte sich aufgelöst. Es war das gleiche „Ich". Auch ich hatte dieses Erlebnis. Nur in meinen Ohren erklang die Stimme meines Vaters und ich erinnerte mich an unsere Japanreise und an den japanischen Priester.

„Dein Vater ist unser heißersehnter Enkelsohn?" Sara verlor fast die Fassung.

„Ja, komm mit und überzeuge Dich selbst."